移

移动书摊

有呀有呀
书店

〔日〕吉竹伸介 著绘

任青云 译

中信出版集团 · 北京

在小镇的街道上，一个不起眼的角落里，
有一家“有呀有呀书店”。

这家书店专门卖“和书有关的书”。

只要问店里的叔叔：
“这里有某某方面的书吗？”

他就会一边回答“有呀有呀”，
一边从店里走出来。

今天也有许多顾客来到“有呀有呀书店”，
寻找想要的书。

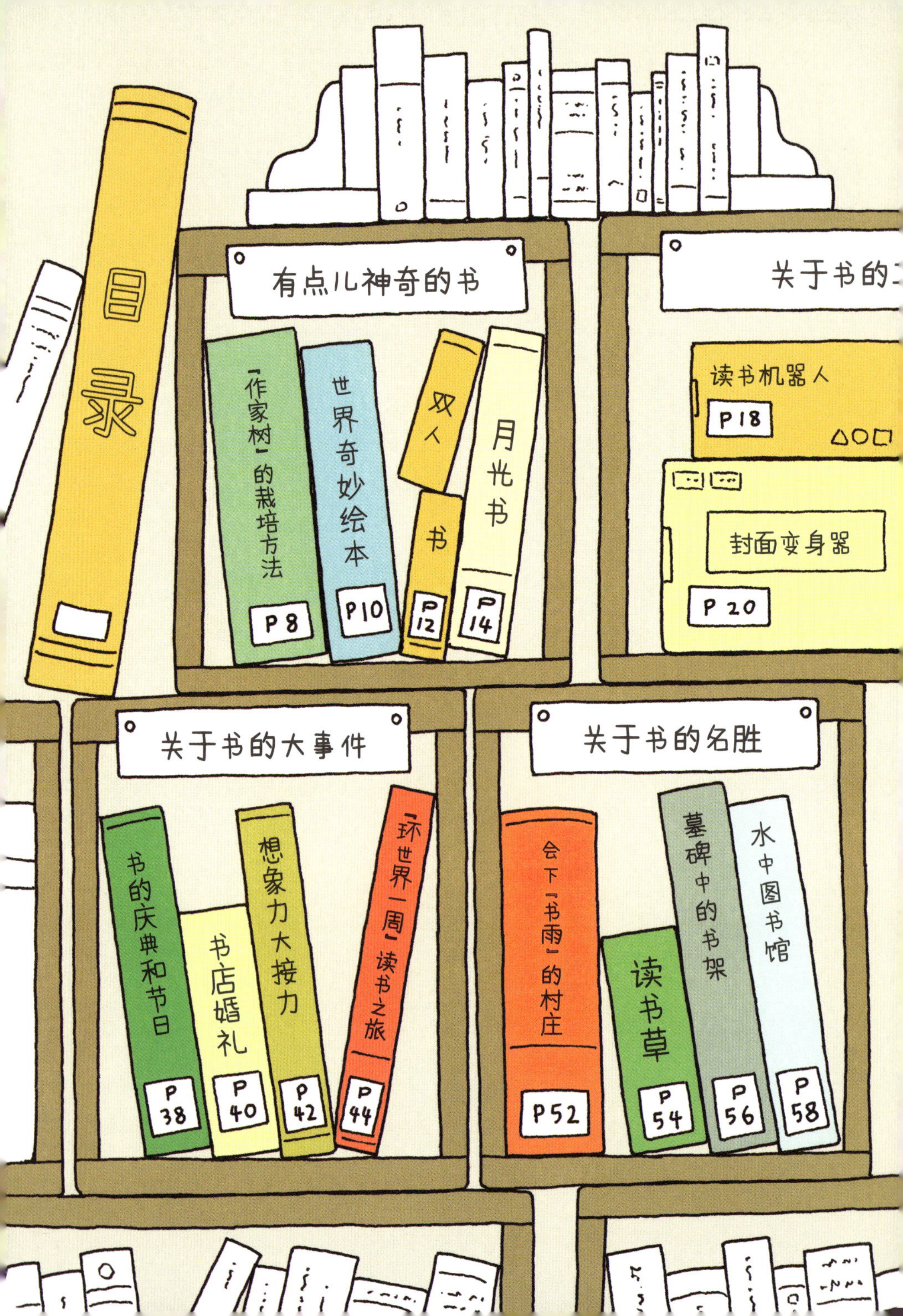

目录
有点儿神奇的书
「作家树」的栽培方法
P8
世界奇妙绘本
P10
双人书
P12
月光书
P14
关于书的
读书机器人
P18
封面变身器
P20
关于书的大事件
书的庆典和节日
P38
书店婚礼
P40
想象力大接力
P42
「环世界一周」读书之旅
P44
关于书的名胜
会下「书雨」的村庄
P52
读书草
P54
墓碑中的书架
P56
水中图书馆
P58

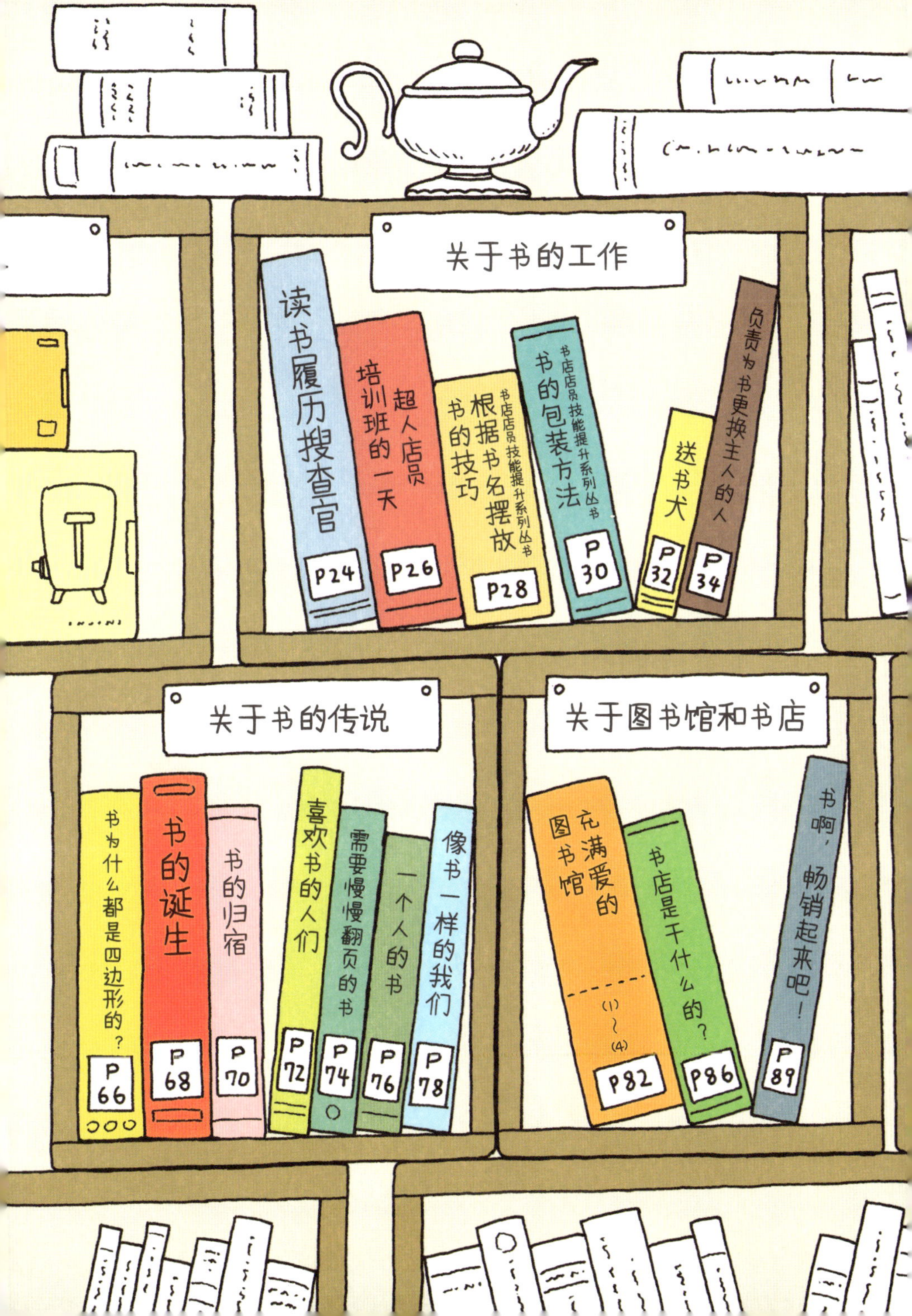
关于书的工作
读书履历搜查官 P24
超人店员培训班的一天 P26
书店店员技能提升系列丛书 根据书名摆放书的技巧 P28
书店店员技能提升系列丛书 书的包装方法 P30
送书犬 P32
负责为书更换主人的人 P34
关于书的传说
书为什么都是四边形的？ P66
书的诞生 P68
书的归宿 P70
喜欢书的人们 P72
需要慢慢翻页的书 P74
一个人的书 P76
像书一样的我们 P78
关于图书馆和书店
充满爱的图书馆 (1)～(4) P82
书店是干什么的？ P86
书啊，畅销起来吧！ P89

那个……你好。

请问，这里有

“有点儿神奇的书” 吗?

哦!
有呀有呀!

等等，让我瞧一瞧……

看看这些书，
你觉得怎么样?

要说这些都是
什么书呢……

“作家树”的栽培方法

1. 把一粒种子夹在喜欢的书里，然后把书埋进土里。

2. 每天耐心地呵护它，读各种各样的书给它听。

3. 到了每年的"读书之秋"，树上就会结出许多许多的书来。

（当然，也有需要过很多年才能结出书的树哟。）

4. 虽然需要漫长的等待，但只要好好照料，就会收获很棒的书。

5. 但是，如果不小心称赞了其他的树，自己的树就会发脾气，不"结书"了。

世界奇妙绘本

。会蹦出来的绘本。

。会融化的绘本。

。会跑的绘本。

。会吃东西的绘本。

。会跳呀跳的绘本。

。会流泪的绘本。

。会夸奖人的绘本。

。会咳嗽的绘本。

。会不断长高的绘本。

。会流鼻涕的绘本。

双人书

1. 这种书分上、下两卷。

2. 上卷和下卷分别写了故事的上半部分和下半部分，看书时，要把上、下两卷摆在一起，同时翻页，才可以读。

3. 要像这样，
两个人一起读。

《恋爱中的两个人》上卷、下卷

4. 这种书要想更吸引读者，
内容需要适合两个人一起读。

《领导与部下的理想关系》上卷、下卷

5. 还有专门为一家三口
设计的书（上、中、下
三卷为一套）。

《三个小伙伴的旅行》
上卷、中卷、下卷

月光书

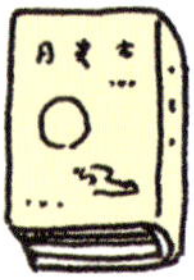

1. 这是一种用特殊的墨印刷的书。这种墨是在大约70年前被偶然发明出来的，只有在月光下，才能发出微弱的光。

2. 在太阳光或灯光下，
书的每一页看起来都是一片空白。

3. 只有在月圆的夜晚，
才能读到书上的字。

这种书都是与古往今来和月亮有关的传说、小说、诗歌等。

4. 还有一种装有这种特殊墨水的“月光笔”，写出来的字只有在明亮的月光下才可以看得到。

5. 在有月牙的夜晚虽然也可以读，
但是只能看到一部分文字。

嗯……
那我就买这本吧!
谢谢啦!

到哪本了……
……

哦，欢迎光临。
你好，
请问……

那个，怎么说呢……
有“关于书的工具”吗？
有呀有呀！
嘿哟。
这些怎么样？

读书机器人

你的读书小帮手!

★ 在嘈杂的地方读书时，可以为你捂耳朵

★ 可以为你加油鼓劲儿

★ 在昏暗的地方读书时，
会批评你

★ 看书打盹儿时，
会叫醒你

★ 可以和你交流阅读心得

★ 还可以为你当书签

封面变身器

1. 家里突然要来客人！可是书架上都是些不想让别人看到的书，一想到自己隐藏的兴趣被发现，真是太不好意思了……
这时，“封面变身器”就派上用场了！

把书放进机器里。

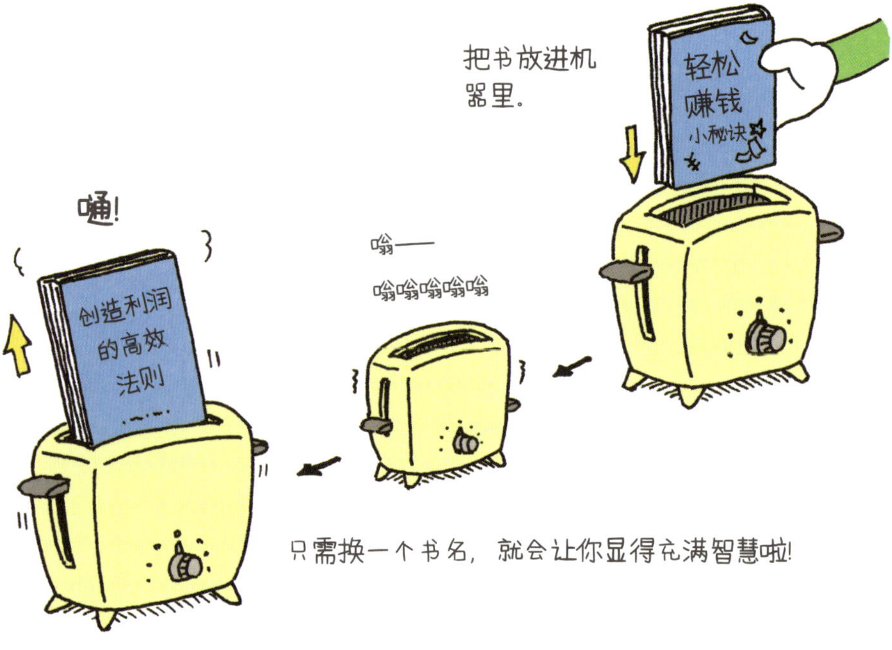

只需换一个书名，就会让你显得充满智慧啦！

2. 可以根据你想要的风格，更换不同的书名和封面。

西洋风　　商务风　　艺术风

文学风

3. 对于那些不适合在公共场合读的书，效果也很棒。

欢迎再次光临。
唔，下一个是……
唉，来啦！
有人吗？

请问，这里有
“关于书的工作”
方面的书吗？
当然有啦！
这些书，
你觉得怎么样？

读书履历搜查官

读书履历搜查官可以看穿嫌疑人曾经看过哪些书，并用这种能力来破案。

住手!
都是你看的那本《杀人罪小问答》惹的祸!
此刻，想一想你读《父亲的心愿》时的心情吧!
《成功之道》你都能读五遍，相信你一定可以改邪归正……
喜欢书的人，没有真正的坏人……

超人店员培训班的一天

早上 5:30 起床

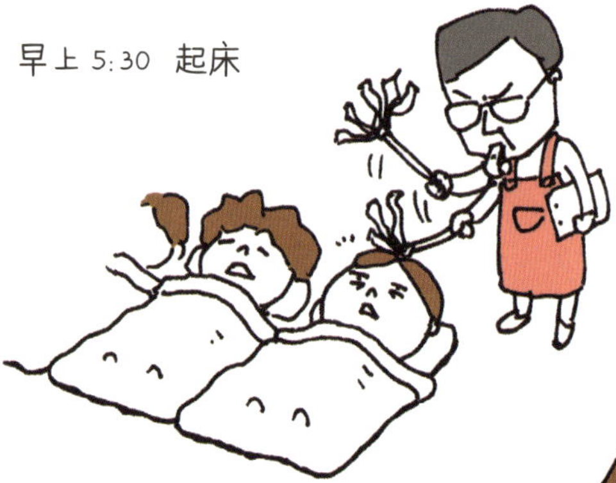

早上 6:30 做店员早操

早上 7:00
边吃早餐，边推车送书

上午 9:00 “蒙眼包书皮”特训

下午 1:00 边吃午餐，边整理票据，
同时还要做平衡练习

下午 4:00 按照上市先后、拼音顺序、
人气高低，进行书的摆放训练

晚上 7:00 边吃晚餐，
边练习写宣传海报
（用重达 5 公斤的记号笔）

晚上 9:00 自由活动

晚上 11:00 睡觉

书店店员技能提升系列丛书

根据书名摆放书的技巧

《现代生活中，不安定的自我》
全6卷

《建筑结构与强度案例集》
全9卷

《构建循环型社会》
全9卷

《快乐户外入门手册》
全 5 卷

《亲子一起来!
伸展体操教程》
父母篇 · 孩子篇

《多米诺骨牌大全——
历史与记录》
全 28 卷

书店店员技能提升系列丛书

书的包装方法

用包装纸和
丝带包装
（送礼用）

纸袋包装
（自己用）

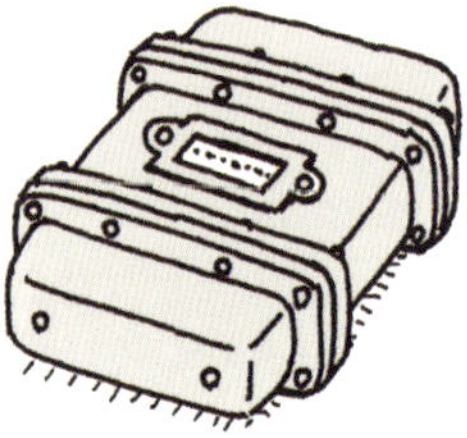

时间胶囊包装
（千年以后的人类用）

麻绳包装
（醉酒的人用）

藏在
苹果派里
用毛线捆
用香蕉叶包
夹在游泳
用的浮板里
夹在棒球
手套里
夹在响板里
3-4
装进午餐袋里
裹上面粉、鸡蛋
和面包屑
用鳗鱼缠
店长心血来潮的杰作
塞进
鱼肚子里
顶在头上
请问，有铜锣烧
包装吗？
当然有啦。

送书犬

1. 送书犬最初是和搜救犬一起救人的。据说，送书犬负责在救助队员赶来之前，给被困的人送书，来打发等待的时间。

2. 现在，它们的主要任务是寻找那些独居的老人和孤独的人，为他们送去快乐。

3. 优秀的送书犬能挑选最适合的书，送给需要的人。

4. 想要训练好送书犬，训犬师需要拥有多方面的知识和技能。听说大多数训犬师原来都是书店里喜欢狗狗的店员。

5. 很久以前，除了送书犬，送书鸽也负责给远方的人送书。

负责为书更换主人的人

你这里有这么多好书啊。
谁？！
但是，一直这么放着不看，书会伤心的哟……

你好，我是“细心又智慧图书保管公司”的员工。

我会小心翼翼保管你精心挑选的书和你的爱书之心，为每一本书寻找好的归宿，重新放到书架最好的位置上。

没有人比你更懂你的书，这些书也会因为曾经有你这样的主人而骄傲。
为了这些可爱的书，请相信我吧。
没错……
那就麻烦你了……
我这里，
每一本都是
好书……
多谢了！
这是收据。
多亏了你，房间变得整洁了！
这是最好的安排吗？……
轰——
每一位书主人
都是我们的上帝
爱心满满
二手书销售
△△△-××××-○○

谢谢惠顾。

刚刚看到哪儿了？……
唔。

你好，
请问……
你好！

有“关于书的大事件”
方面的书吗?

有呀有呀!

你看看,
是在找这种书吗?

书的庆典和节日

二手书游行

每年举办一次，各地的二手书店老板聚集在一起，亮出自家满载着书的“花车”，进行游行演出。观众们会对书架的形态、展出的书以及摆书的花样进行投票，根据得票数的多少决定第二年巡游的出场顺序。

赶春节

在这一天，全镇的男中学生要一起去争夺唯一一本偶像写真集。

抢到手的人，可以获得在自己家里保管这本书一整年的权利。

读书大魔王日

现在的小孩都不太喜欢读书，家长委员会为此非常担忧，于是举办了这个活动。

至于通过这种方式督促孩子读书究竟有没有效果呢，目前仍众说纷纭。

书店婚礼

1. 安排一对喜欢书的新人，
在书店举办婚礼。

用图书券做份子钱。

2. 新郎新娘入场。

3. 介绍两位新人的读书经历。

4. “邂逅的瞬间”情景再现。

5. 在家属致辞时，宾客们可以看自己喜欢的书。

6. 两人一起把书签放入书中。

7. 朗读《写给父母的书信范例集》。

8. 抛书球。

9. 书店店长主持宣誓仪式。

10. 新郎新娘退场。

想象力大接力

1. 某天从二手书店买了一本书。这本书是什么年代的、用什么语言写的都不太清楚，但是感觉是本非常有趣的书。

2. 把这本书拿给许多人看，问他们：“你觉得这本书讲了什么？”

3. 让这些人假想自己读过这本书，并写下感想。

4. 把这些感想收集起来，用一种自己创造的、世界上没有的语言记录下来，编成一本新的书。

5. 把这本书卖给二手书店的老板。

“环世界一周”读书之旅

坐进一个特殊的胶囊仪器中，一边读书，一边环游世界。

这样就可以在欣赏各地风景的同时，享受读书的乐趣。

欢迎回来!
感觉怎么样?
啊! 光顾着看书了，忘了看外面……

再见，请慢走！

下面是……

不好意思，
在午茶时间来打扰。
啊，你好！
没关系！

这里有没有
“关于书的名胜”
方面的书呢?
有呀有呀!
瞧瞧，有你
喜欢的吗?

会下“书雨”的村庄

1. 这个村庄，每年的同一个时节，都会从天空降下“书雨”。

2. “书雨”会持续下很久，如果不及时清理的话……

3. 就会被困在家里，走不出去。

4. 这些书，有的被当作燃料，
有的被当作房屋的建材。

但大多数书都被运到
村庄尽头的悬崖边。

扔掉。

5. 在悬崖下面，一年又
一年被扔下来的书形
成了不同的“书层”。

6. 这里的书可以随便拿，经常
有从很远的地方来找书的人。

听说，每年都有两三
个因为找书被压在“书
层”下需要救助的人。

读书草

1. 这个地方每五年就会出现一次奇怪的现象：所有的生物同时开始读书。这里因为这种奇特的“读书现象”而闻名。

2. 有专家认为，这种现象或许和当地特有的“读书草”有关。这种草每五年开一次花，“读书现象”发生的周期和“读书草”的花期重合。目前，专家们正在研究“读书草”的花粉和花香是不是引起“读书现象”的原因。

读书草的花

3.“读书草”的花一旦枯萎，反而会引起一种“不想再读书”的现象，这种现象会持续两个月之久。

4. 由于这个原因，研究“不想再读书”现象的专家们总是中途就进行不下去了，所以至今还没能揭开真相。

5. 顺便一提，在当地的生物圈里，也有非常受欢迎的书。

墓碑中的书架

1. 又到了一年一度的扫墓时节，只有在扫墓这一天，墓碑会“啪”的一声打开。

2. 墓碑里是一个书架，书架上摆满了书，有墓主人生前爱看的书，有对他影响深远的书，也有他曾经想推荐给最亲近的人看的书。

3. 来扫墓的人，可以从书架上选一本书，放进自己的包里。

4. 作为交换，要把最想让墓主人看的、这一年最畅销的书放到书架上。

5. 然后，关上墓碑门，静静祈祷。

6. 最后，带着对包里的书的满满期待，踏上回家的路。

水中图书馆

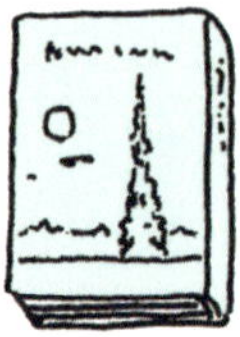

很久以前，
有一个大财主。

他非常喜欢书。

晚年的时候，他在一片洼地上，
建造了一座高高的图书馆。

这座图书馆里装满了
大财主一生的藏书，
古往今来，无所不有。

图书馆建成后，所有的楼
梯和梯子都被拆走了。

大财主死后，图书馆的四周涌出很多水来，而且水位不断地上涨。

很多人都说，这或许就是大财主的“心灵之泉”。

直到现在，仍有一部分人非常向往这座传奇的“水中图书馆”。

浸泡在水里的那些书
已经没法看了。

上层书架上的书，
因为拿不到，也不能看。

水位每年都在不断上涨，
什么时候才能拿到顶层
书架上的书呢？

当地人都在传布这个故事。

他究竟把什么样的书放在
顶层的书架上了呢?

请慢走。
我看看……
有人在吗?
来啦。
你好呀!
欢迎光临。
请问……

嗯……请问，有

“关于书的传说”

这一类的书吗？

有的哟。

看看这些书，
有没有你满意的。

书为什么都是四边形的？

1. 很久以前，书有各种各样的形状。

2. 有一位王子，非常喜欢邻国的公主，但因为胆子小，不敢和公主说一句话。

3. 在一次舞会上，公主主动和王子说了第一句话。“王子殿下的四边形扣子真漂亮！”公主称赞道。

4. “原来公主喜欢四边形的东西啊！”王子想。为了让公主喜欢上自己，王子把身边以及王国里所有的东西都变成了四边形的。

5. 但是几年后，公主却和别的王子结婚了。那个王子的脸是圆形的。

6. 之后，王子的国家不断壮大。后来，世界上所有的书就都成了四边形的。“为什么选择四边形呢？”每当别人问起这个问题，王子就会随便找个理由搪塞过去，不肯说出其中真正的缘由。

书的诞生

1. 首先，把纸张、文字、照片、图画等各种材料搅拌在一起，做成“书柱”。

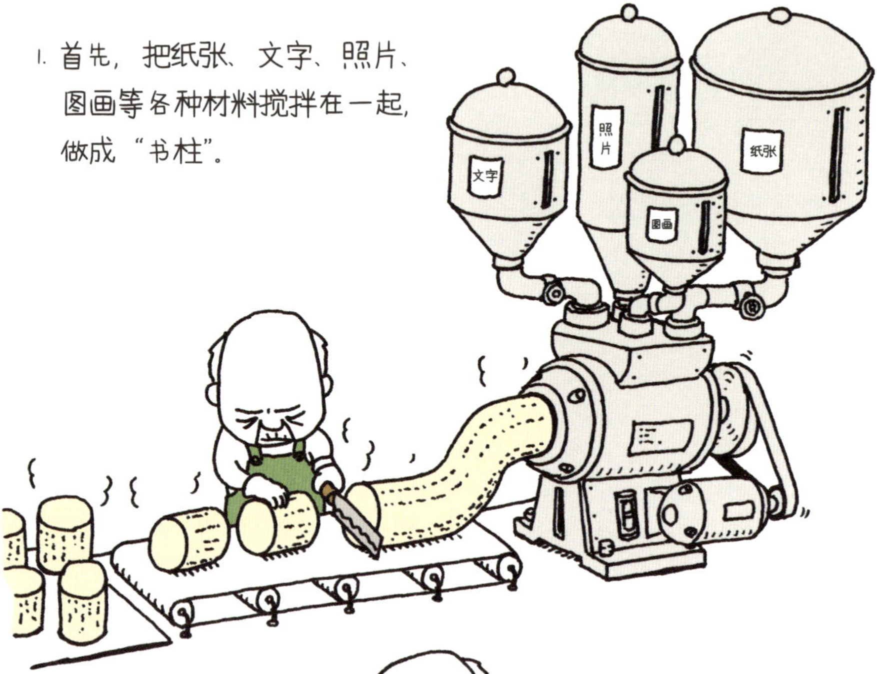

2. 将“书柱”放在机器上旋转，切成薄片。

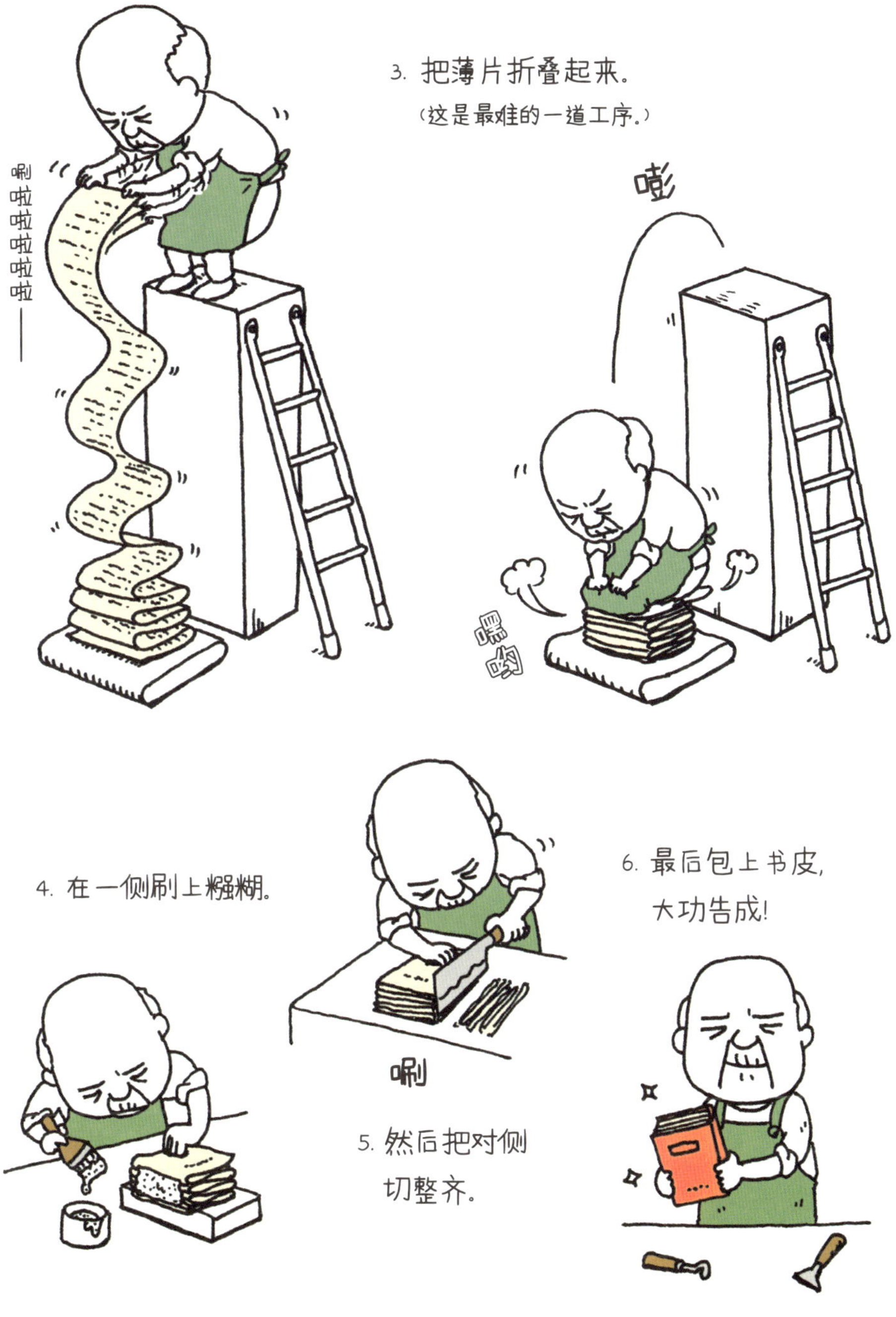
3. 把薄片折叠起来。
（这是最难的一道工序。）
唰啦啦啦啦啦
嘭
嘿哟
4. 在一侧刷上糨糊。
唰
5. 然后把对侧
切整齐。
6. 最后包上书皮，
大功告成！

书的归宿

1. 人们读过的书、变得破破烂烂的书，最终都会被送到“书籍回收中心”。

2. 在那里，书会被分解成许多部分。

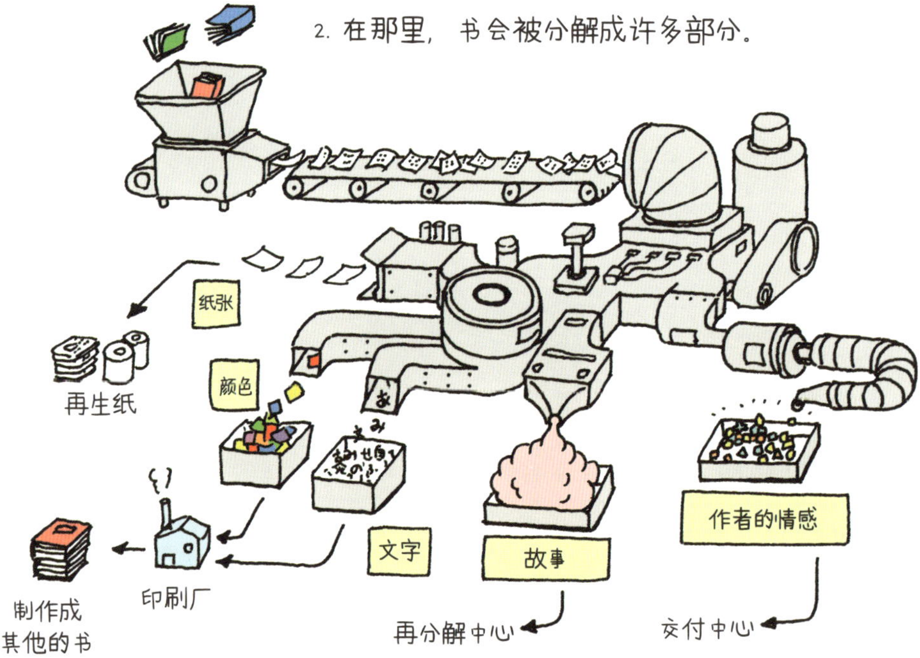

3. 在再分解中心，“故事”被继续分解成
各种具体的情绪。

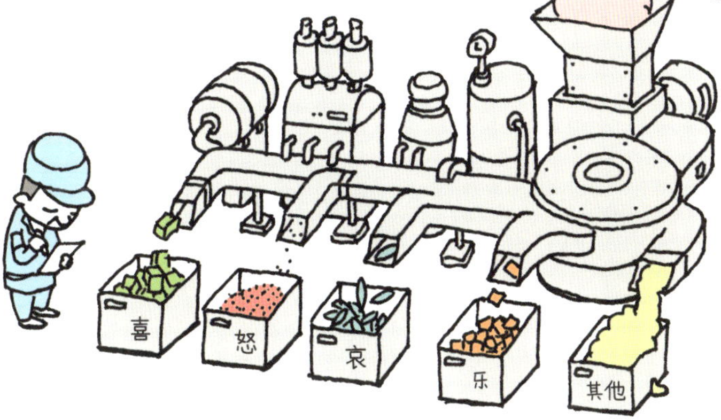

4. 各种各样的情绪
会被撒到空中，

放到街上的各个角落，

加进调味瓶，

让它们再次融入社会。

5. “作者的情感”会被送到专家选出的
“未来的作家”那里。

喜欢书的人们

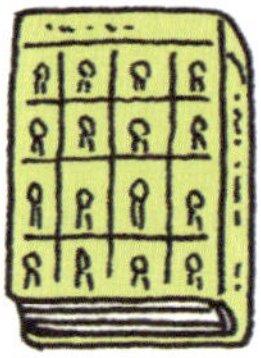

“喜欢书”这件事说起来很简单,
但要说“怎么喜欢”,形式就多啦。

◦喜欢在书里
夹各种东西

◦喜欢把书凑近闻

◦喜欢偷看别人的书

◦喜欢像搭积木一样垒书

◦喜欢读书

。喜欢收藏书
。喜欢到处说“我喜欢书”
。喜欢给书装上轮子
。喜欢给书穿衣服
。喜欢吧嗒吧嗒地吮书签
。喜欢把书放在身上
。喜欢拿着书跳舞
欸?！你不会也喜欢吮书签吧?！
欸?！难道你也是?！

需要慢慢翻页的书

1. 发现这本书时，谁都不知道它是什么时候写出来的，书的保存状况非常不好。

2. 由于使用了特殊的墨印刷，纸张粘在了一起，如果不一点点小心剥离的话，书马上就会被撕破，再也无法翻页了。

按照这种进度，一年只能翻开一页。

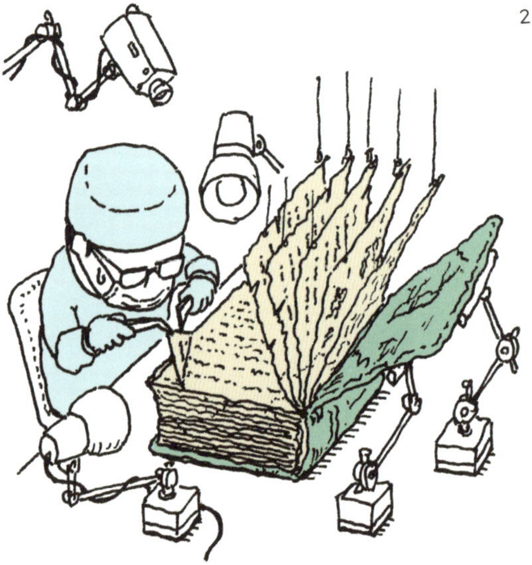

3. 这本书是用特殊的语言写成的，它准确地记载了世界上已经发生的事，还记载了将要发生的事情，所以被称为“未来之书”。

4. 据说，如果按照目前的进度翻页，大约 50 年后，就可以翻到记载了“未来的事情”那部分了。

5. 从书的厚度估计，这本书一直记载到大约 2000 年后发生的事情。因此，人们迫切地期待能开发出加速翻页的技术。

6. “翻页”是一项压力巨大的工作。据说，就算是慢性子的人，做上 5 年也会发疯的。

一个人的书

1. 有位老人，每天早上起床后要出门散步，每次都会捡一块小石头回家。

2. 之后的一整天，老爷爷就盯着这块小石头，为它起一个名字，然后想象发生在它身上的故事。

3. 到了晚上，他就把这块小石头前世今生的故事记在笔记本上。

4. 第二天早上，老爷爷再把这块小石头放回捡到它的地方。

5. 接着，又捡起另一块石头回家。

6. 日复一日，老爷爷的笔记记得越来越多，摞在一起就像一本书。

7. 据说，老爷爷去世后，这本奇特的“书”按照遗愿和他埋在了一起。

像书一样的我们

1. 其实，我们人类和书很相似。

2. 每个人都有自己的故事，但最初谁也不了解谁。

3. 总是等待着被别人发现，被别人了解。

4. 虽然有的人受欢迎，有的人不那么受欢迎，但是遇在一起，总会对彼此产生影响。

5. 一个美好的相遇会擦出美丽的火花。

6. 很笨重，怕水又怕火，
容易褪色，也容易发皱。

7. 作为物体的寿命是有限的，
但精神却可以延续很久。

8. 还有那些等待问世的新生命，
让这个世界变得更加丰富多彩。

9. 所以说，我们……

谢谢惠顾!

到哪一本了……

啊，你好啊。
你好!

请问，有没有
“关于图书馆和书店”
方面的书？

嗯，有呀有呀！

看，这里有你
想要的书吗？

充满爱的图书馆（1）

每个人家里的书属于个人物品。

而图书馆里的书，却都有自己的梦想。

“说不定什么时候，我也会给别人帮上大忙。”

“或许能给一个人带来快乐和勇气，抚慰他的心灵。”

“还能让人与物、人与人产生奇妙的关联。”

就这样，在等待被读到的日子里，

一个又一个想法诞生在纸间。

这些可爱的书今天也在书架上安静地等着呢……

充满爱的图书馆（2）

古往今来，发明“图书馆”的人，不管是谁，一定会为自己想到这个点子而暗自高兴吧。

“一定要建造一个地方，在这里，人人都可以读到自己感兴趣的知识和喜欢的故事。”他心里这样想着，并坚信人们在这里的时光是幸福而快乐的。

“这种超棒的想法肯定是绝无仅有的。”想到这儿，他一定高兴得睡不着觉吧。

充满爱的图书馆（3）

想问一问那些被还回来的书：

借书的是怎样的一个人呢？

有没有好好地爱惜你呢？

看书的时候他笑了吗？哭了吗？

他家里都有些什么样的书呢？

下次又会是什么样的

人来借书呢？

但是，这些可爱的书

和人类不一样。

它们总是默默地回到

图书馆。

充满爱的图书馆（4）

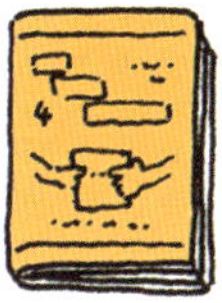

这里是活着的人与去世的人
相遇的地方。

也是年轻人和老年人相聚
在一起的地方。

这里适合想独处的人，
也适合喜欢热闹的人。

更是想向别人炫耀“我今天去
图书馆了哟”的人的理想去处。

这里是爱书人的天堂，
也是喜欢“爱书人”
并愿意为他们服务的
人工作的地方。

书店是干什么的？

爱书的专业人员（书店店员）

1. 书店是

把好书送到你身边的地方，

把好书送到未来的地方，

让好书长命百岁的地方，

爱书的专业人员每天忙碌不停的地方。

2. 在这里，可以买到用钱买不到的东西，比如希望、失望和欲望，比如别人的人生和你平时看不到的风景，比如大自然的奥秘，比如另一个自己，等等。

3. 在这里，你可能会走进一个现实中永远也去不了的神秘新世界。

4. 这里是为未来的名著诞生而投资的地方。

5. 是为新书问世做准备的地方。

6. 也是被书帮助过的人来报恩的地方。

嗯嗯，确实如此，
确实如此。
那个……以前看过
一本书，好像是在
移动书摊上见过……
移动书摊？
嗯……
有啦！！
你说的是这本吧？

书啊，
畅销起来吧！

移动书摊
唉……
今天卖得也不好……
尽管每本书都
这么有趣……
像这样，把书
靠近耳边，
就可以听到作者的心声。

天都亮了……
嘿嘿……
会有多少人读我写的这本书呢？这可是我的心血之作啊……
不过，或许……
说不定撞上大运，可以畅销呢。

咦？课长，
您这是在写小说吗？
没有没有，
个人爱好而已。
不过……
要是能被谁
看中，说不定
能**畅销**呢……
这本书要是出版了会
惹来大麻烦的！
不用你说我也知道！
但我还是想让
更多人知道事
情的真相！
而且……
说不定
会**畅销**呢……

只要写出好书，肯定会有人支持的！
不要老是盯着卖了几本！
唉……
要是能**畅销**的话当然好了。
内容还是您一直关注的东西啊。
是啊。
总觉得对其他方面的东西提不起兴趣呢。
嗯……
不过，如果能**畅销**，我也不介意去写……

这本诗集是你一个人完成的吗?
是的! 一个人就足够了, 要是谁能来买走就好了。
唉……
要是有一个好机会, 让它**畅销**起来就太棒了……
老板, 我们的书卖不出去啊。
嗯——
可能是时代不同了吧。
不过……
或许今年可以**畅销**呢……

不，不，
我已经是过气的作家了。
已经好几年
没有动笔了。
不过……
也许一不小心
又写出一部
畅销作品呢……
好像已经成形了啊！
只要不亏本，就算
是对得起一直照顾
我的各位了……
但是……
还是希望好
运降临，可
以**畅销**……

新书卖得怎么样啊?
唉! 怎么说呢,
不是太好!
没有**畅销**,
真是抱歉啊……

啪
原来大家都是
这么想的啊。
让很多人喜欢……
给许多人带来深远
的影响……
世代流传……
让别人刮目相看……
再版!
畅销!
获奖!
赚大钱……
这样的话，多好啊……

可是，
要怎样才能**畅销**呢……
移动书摊

嗯！嗯！
真是太好了！
没错！没错！
就是它！
终于又见到了！

非常非常感谢！
不客气，
多谢惠顾！

嗯……
书这东西，
真是有趣……

吱呀——

你好，听说这里
什么书都有。
你好。
欢迎光临！

那么……
《畅销书秘籍》
这样的书……
有吗？！

啊——
目前还没有呢。

故事完。

吉竹伸介

1973 年出生于日本神奈川县，筑波大学研究生院艺术研究科综合造型课程结业。《这是苹果吗也许是吧》获得第六届 MOE 绘本书店大奖第一名，同时获得第六十一届产经儿童出版文化奖美术奖。《有理由》获得第八届 MOE 绘本书店大奖第一名。《脱不下来啦》获得第九届 MOE 绘本书店大奖第一名、博洛尼亚国际童书展年度绘本奖。《后来呢后来怎么了》获得第五十一届新风奖。除此之外，还有许多部著作。现在是两个孩子的父亲。

任青云，译者，女，硕士，山东交通学院外国语学院日语教师。翻译和用日语撰写多部书籍、教材等，有多年图书翻译经验。

图书在版编目(CIP)数据

有呀有呀书店 / (日) 吉竹伸介著绘；任青云译
. -- 北京：中信出版社, 2018.8（2021. 11重印）
ISBN 978-7-5086-8835-0

Ⅰ. ①有… Ⅱ. ①吉… ②任… Ⅲ. ①儿童故事－图画故事－日本－现代 Ⅳ. ①I313.85

中国版本图书馆CIP数据核字(2018)第066790号

有呀有呀书店

著 绘 者：［日］吉竹伸介
译　　者：任青云
出版发行：中信出版集团股份有限公司
（北京市朝阳区惠新东街甲 4 号富盛大厦 2 座　邮编　100029）
承 印 者：恒美印务（广州）有限公司

开　　本：787mm × 1092mm　1/32
印　　张：3.25
字　　数：70 千字
版　　次：2018 年 8 月第 1 版
印　　次：2021 年 11 月第 4 次印刷
京权图字：01-2018-2275
书　　号：ISBN 978-7-5086-8835-0
定　　价：68.00 元

出　　品：中信儿童书店
图书策划：如果童书
策划编辑：许美琳　责任编辑：陈晓丹　营销编辑：王馨可　王娇娇
封面设计：韩莹莹　内文排版：王　莹

移动书摊

移动书摊

移动书摊
移动书摊